Un drammaturgo sull'orlo di una crisi di nervi

Commedie in italiano

Flagrante delirio
Strip-Poker
Prognosi riservata
Un piccolo omicidio senza conseguenze
Venerdì 13

JEAN-PIERRE MARTINEZ

Un drammaturgo sull'orlo di una crisi di nervi

Traduzione di Annamaria Martinolli

La Comédiathèque
comediatheque.net

Personaggi

Il drammaturgo
La giornalista

I due personaggi possono essere indifferentemente uomini o donne. Distribuzioni possibili: 2 uomini, 1 uomo e 1 donna, 2 donne.

ISBN 978-2-37705-851-8

Un salotto in disordine. Luce da atmosfera irreale. Musica inquietante. Due personaggi (gli attori che interpretano i ruoli) sono come in attesa, ai due lati di una tenda da campeggio.

Uno – Secondo te verrà?

Due – Chi?

Uno – La gente!

Due – Intendi il pubblico?

Uno – Sì, gli spettatori!

Due – Ah, certo, gli spettatori.

Uno – Non possiamo recitare senza gli spettatori.

Due – Certo che no… e infatti è per questo che non recitiamo.

Uno – Ah, quindi siamo d'accordo, non recitiamo?

Due – Perché, tu reciti?

Uno – No.

Due – Appunto. È quello che stavo dicendo. Non c'è nessuno e quindi non recitiamo.

Uno – Ok… ma allora, cosa facciamo?

Due – E soprattutto, chi siamo?

Uno – Nessuno.

Due – Siamo due personaggi in cerca di spettatori.

Pausa.

Uno – Scusa, ma perché non dovrebbero venire?

Due – Oh, sai com'è, gli spettatori… trovano sempre una buona scusa per non venire a teatro.

Uno – Hai ragione. In quanto a questo, l'immaginazione non gli manca.

Due – C'è lo sciopero dei trasporti…

Uno – C'è il ponte…

Due – C'è la partita in TV…

Uno – C'è stato il Covid…

Due – C'è ancora il Covid…

Uno – C'è un sole splendido, meglio andare a spasso…

Due – C'è aria di pioggia, meglio restare a casa…

Uno – Sul giornale non ne parlano, sarà penoso.

Due – Sul giornale ne parlano, sarà palloso.

Uno – Costa troppo, preferisco andare al cinema.

Due – Costa quasi niente, dev'essere una boiata.

Uno – Volevo andarci, ma ho un matrimonio.

Due – Un funerale.

Uno – Un battesimo.

Due – Una comunione.

Uno – La religione ha sempre causato un sacco di problemi al teatro.

Due – Per trovare un buon alibi, non mancano mai di idee.

Uno – In quanto al resto…

Pausa.

Due – Eppure non pretendiamo poi molto.

Uno – Non ambiamo a riempire uno stadio.

Due – Ma giusto una sala come questa.

Uno – Anche mezza.

Il numero due sembra percepire la presenza del pubblico.

Due – E quelli là, chi sono?

Uno – Dove?

Due – Laggiù, nel buio.

Uno – Io non vedo niente.

Due – Laggiù, in fondo in fondo.

Uno – Ah, hai ragione… Non li avevo mica visti entrare, quelli.

Due – Se è per questo, neanch'io.

Uno – Ci siamo talmente disabituati.

Due – Ti rendi conto? Sono venuti lo stesso.

Uno – Nonostante tutto, sono venuti.

Due – Hanno sfidato gli scioperi, le intemperie, le critiche…

Uno – Dovremmo dargli una medaglia.

Due – È vero, sono degli eroi.

Uno – Già… Se lo avessi saputo…

Pausa.

Due – E adesso, che si fa?

Uno – Come, che si fa?

Due – Adesso che ci sono gli spettatori, qualcosa dobbiamo pur inventarci!

Uno – Il fatto è che non ho preparato niente, e tu?

Due – Neanch'io.

Uno – Non ce l'aspettavamo.

Due – Ci avete presi alla sprovvista.

Uno – Non ci speravamo più.

Due – Con questo tempo, poi…

Uno – Comunque è anche colpa loro.

Due – Avrebbero dovuto avvertirci.

Uno – Non è che uno si presenta a teatro così, all'improvviso.

Due – Sono cose che non si fanno.

Pausa.

Uno – Magari qualcuno ha pure prenotato il biglietto.

Due – Tu dici?

Uno – Può essere.

Due – Sì, ma non siamo stati informati!

Uno – Se non gli mostriamo qualcosa, resteranno delusi.

Due – E avranno un'altra buona scusa per non venire la prossima volta.

Uno – Beh, ecco, potremmo…

Due – Potremmo cantargli una canzone.

Uno – Perché, tu sai cantare?

Due – Sì… ma non conosco nessuna canzone. E tu?

Uno – Sì, di canzoni ne conosco.

Due – Allora, forza!

Uno – Ne conosco… ma non so cantare.

Pausa.

Due – Forse era meglio se non venivamo.

Uno – Hai ragione… anche noi avremmo dovuto trovare una scusa.

Due – Nel frattempo, sarebbe meglio levare le tende.

L'altro personaggio si guarda in giro e poi osserva la tenda.

Uno – La smonto io o la smonti tu.

Tolgono la tenda ed escono di soppiatto.

Buio

Lo stesso salotto in disordine. Un uomo sonnecchia su una poltrona. Squilla il telefono risvegliandolo dal torpore e lui risponde in stato sonnambolico.

Drammaturgo (*sgarbato*) – Pronto! (*Senza neanche ascoltare l'interlocutore*) Scommetto che mi chiama per dirmi che l'incontro è annullato! (*Ritrovando un po' di lucidità*) La banca? (*Raddolcendosi*) Oh, chiedo scusa. Sto aspettando una giornalista che mi deve intervistare e così… Sì, lo so, un piccolo scoperto, me ne sono accorto… Ah, non è piccolo ma è grosso? Diciamo una via di mezzo, allora… Sì, non è neanche il caso di giocare con le parole… Non si preoccupi, stavo giusto venendo da voi a depositare un assegno che ho appena ricevuto… Un anticipo sulla stesura della mia prossima pièce, sì… Lei non va a teatro ogni tanto? No, certo, non stiamo parlando di questo… Mi scusi ma la linea è disturbata… Mi sembra di sentire il campanello, dev'essere la giornalista… Non la sento più… Devo proprio riattaccare.

Riattacca e sospira. Si riprende lentamente, un po' stordito, e si alza. L'aspetto e i vestiti sono trasandati.

Drammaturgo (*al pubblico*) – Essere o non essere?... Shakespeare aveva ragione, è proprio questo il problema. Ad ogni modo, è quello che mi domando io ogni mattina guardandomi allo specchio. (*Rivolgendosi eventualmente a uno spettatore giovane presente in sala*) Quando si è giovani e belli, la risposta è ovvia. E del resto, non ci si pone neanche la domanda. Ma dopo una certa età… Essere o non PIÙ essere? Credetemi, il problema è tutto lì. E purtroppo, la risposta che spesso s'impone… è che non si può essere ed essere stati. E questo non è Shakespeare… ma la triste realtà. Poi, certo, uno può sempre consolarsi dicendo: penso dunque sono. Col cavolo!... Non so quanto possa trovarlo rassicurante chi non riesce a fare più un tubo a parte pensare. E poi, pensare a cosa? Al mio passato fin troppo remoto? Al mio presente ormai solo storico? Al mio futuro completamente anteriore? Essere o non più essere un drammaturgo? È questa la domanda che mi pongo. Accettate un consiglio: fate tutto nella vita ma non i drammaturghi. Io l'ho fatto perché non sapevo fare altro. Ma se ne avete le capacità, fate piuttosto il maestro o la peripatetica. Sono mestieri che potrete svolgere per tutta la vita a tempo pieno. Lo sapete come vengono definiti gli attori? Lavoratori intermittenti. Il che significa che, professionalmente, lavorano solo a periodi. Ebbene, per i drammaturghi è lo stesso. Un attore che non recita, non è più un attore. E un drammaturgo che non scrive, non è più un drammaturgo. È probabilmente a questo che pensava, il grande Shakespeare, quando ha scritto "essere o non essere". Sarà stato a corto d'ispirazione, proprio come me adesso. Insomma, quando dico adesso… Sono anni che va avanti così. (*Pausa*) Certo che è strano. Ho fatto un sogno assurdo. Ero sul palcoscenico con un'attrice. La sala era vuota e ci chiedevamo se sarebbe arrivato qualcuno. E poi, di colpo, scoprivamo che la sala era piena. Il problema è che… non avevamo nulla da recitare. Di sicuro perché il drammaturgo non era riuscito a trovare un'idea per la *pièce*. Per un drammaturgo, l'angoscia della pagina bianca è come la paura del vuoto di memoria per l'attore. È un dramma…

Si sente suonare il campanello. Esita un istante. Si guarda allo specchio, si rimette un po' in ordine e si dà una pettinata. Il campanello torna a suonare.

Drammaturgo – Sì, sì, ho sentito, arrivo.

Si decide ad andare ad aprire e torna, un attimo dopo, seguito da una donna, più giovane, vestita in stile più moderno e dall'aspetto decisamente migliore.

Giornalista – La ringrazio per aver accettato d'incontrarmi, signor Rigotti.

Drammaturgo – Righetti.

Giornalista (*un po' sorpresa dal disordine della casa*) – Come, prego?

Drammaturgo – Non mi chiamo Rigotti, ma Righetti. Carlo Righetti. È il mio nome. Credevo che almeno questo lo sapesse.

Giornalista – Ma certo, mi scusi. È uno pseudonimo?

Drammaturgo – No, perché?

Giornalista – Ah non so… Righetti per un autore… In questo caso, se posso permettermi: un nome, un destino.

Drammaturgo – Quando vorrò scegliermi uno pseudonimo, mi farò chiamare Dritto Dalloltretomba. Così le mie memorie venderanno bene.

Giornalista – Mi pare giusto. (*Guardandolo con preoccupazione*) Non è che per caso l'ho svegliata?

Drammaturgo – Assolutamente no! Cosa glielo fa pensare?

Giornalista – Non so, io…

Drammaturgo – A proposito, che ora è?

Giornalista – Mi dispiace, ma non porto l'orologio.

Drammaturgo – Ah, ecco. È per questo che è arrivata in ritardo.

Giornalista – In ritardo? Ma… se non sa neanche che ora è!

Drammaturgo – Complimenti per la risposta pronta! Del resto, se fa la giornalista un motivo ci sarà. Bene, la vogliamo fare quest'intervista? Ho altre faccende da sbrigare, io.

Giornalista (*tra i denti*) – Se lo dice lei.

Drammaturgo – Come, prego?

Giornalista – No, dicevo… come no, cominciamo! Sono venuta per questo, mi pare!

Drammaturgo – Deve anche ritenersi molto fortunata. Non concedo mai interviste.

Giornalista – Gliene chiedono spesso?

Drammaturgo – Ora di meno, lo ammetto. Ma… quando me le chiedevano, rifiutavo come adesso.

Giornalista – Ah.

Drammaturgo – Scommetto che lei è una di quelle donne che pensa che la virtù sia inversamente proporzionale al sex appeal.

Giornalista – Niente affatto… o meglio, sì ma… non è quello che volevo insinuare.

Drammaturgo – E allora cosa voleva insinuare?

Giornalista – Assolutamente niente.

Drammaturgo – Sì! Ha detto: non è quello che volevo insinuare. Quindi, voleva insinuare qualcosa!

Giornalista – Mi sono espressa male, tutto qui.

Drammaturgo – Una giornalista che si esprime male, cominciamo bene!

Giornalista – Mi scusi.

Drammaturgo – Allora perché mi ha fatto quella domanda?

Giornalista – Quale?

Drammaturgo – Se mi chiedono spesso di rilasciare un'intervista!

Giornalista – Non so… Sono qui per farle delle domande. È così che funziona un'intervista.

Drammaturgo – Certo, è qui per fare domande vere, non domande del cavolo.

Giornalista – Intende "domande da giornalista", immagino.

Drammaturgo – Odio i giornalisti.

Giornalista – Di solito, le celebrità li odiano sempre.

Drammaturgo – Già, chissà mai perché?

Giornalista – Eppure è grazie ai giornali che gli sconosciuti, un bel giorno, escono dall'anonimato.

Drammaturgo – È un punto di vista.

Giornalista – Il punto di vista di una giornalista.

Drammaturgo – È anche grazie alle celebrità che i giornali si vendono.

Giornalista – Infatti, il ruolo dei giornali è di parlare dei personaggi famosi per evitare che vengano dimenticati.

Drammaturgo – È venuta qui per parlarmi del mondo dello spettacolo o per farmi domande sulla mia opera?

Giornalista – Adesso ci arrivo, non si preoccupi. (*Dando uno sguardo alla stanza*) Posso sedermi?

Drammaturgo – Ma certo, prego.

Giornalista – Grazie.

Si siede. Silenzio imbarazzato.

Drammaturgo (*riprendendosi un po'*) – Mi scusi, siamo partiti tutti e due col piede sbagliato.

Giornalista – Non fa niente, gliel'assicuro.

Drammaturgo – Ho perso l'abitudine a vedere gente, è vero. E temo di essere diventato un po' orso.

Giornalista – Non si scusi, è normale… Mi sono presentata così all'improvviso, a casa sua…

Drammaturgo – Desidera qualcosa?

Giornalista – Sì… mi piacerebbe porle alcune domande.

Drammaturgo – No, intendevo: da bere.

Giornalista – Ah, certo, mi scusi. Ecco… un caffè non sarebbe male.

Drammaturgo – L'ho finito. O meglio, ce l'ho ma non ho la caffettiera. Si è rotta tipo… una vita fa. Ho continuato a prepararmi il caffè per un paio di mesi, bollendo l'acqua in un pentolino e utilizzando un fazzolettino di carta come filtro. Poi, però, quando ho finito i fazzolettini ho deciso di non bere più caffè.

Giornalista – Non è grave, non si disturbi.

Drammaturgo – Posso prepararle una tisana, se vuole. Camomilla? La avverto: ho finito lo zucchero.

Giornalista – L'idea di una camomilla senza niente mi attira molto, ma sto bene così, grazie.

Drammaturgo – D'accordo, in questo caso la ascolto.

Giornalista – Bene, dunque… La prima domanda è: scrive a mano o al computer?

Il drammaturgo resta un attimo interdetto.

Drammaturgo – Mi scusi ma… credo di aver capito male. Per quale giornale lavora di preciso?

Giornalista – Ecco… non è esattamente un giornale. Insomma, non è un giornale come per esempio *Il Corriere della sera* o *La Repubblica*.

Drammaturgo – *Il Corriere della sera* esiste ancora?

Giornalista – È piuttosto… una testata giornalistica online, come si dice oggi.

Drammaturgo – Ah, un sito internet.

Giornalista – Sì, diciamo un webmagazine: *Vivi teatro*.

Drammaturgo – *Vivi teatro*?

Giornalista – Si chiama così. Non le piace?

Drammaturgo – Sì, sì. Fa un po' rivista per anziani, ma pazienza. Del resto al giorno d'oggi sono soprattutto loro che vanno a teatro.

Giornalista – Diciamo di sì.

Drammaturgo – *Vivi teatro*. Purtroppo sono pochi quelli che riescono davvero a vivere di teatro.

Giornalista – Il nostro obiettivo è proprio quello di mettere in risalto gli autori contemporanei. Quest'intervista permetterà ai nostri lettori di conoscerla meglio. Nelle vesti di drammaturgo, almeno.

Drammaturgo – Capisco. E quindi per prima cosa vuole sapere se scrivo a mano o al computer?

Giornalista – Esatto.

Drammaturgo – È una domanda di quelle da non dormirci la notte. Chissà quanti dei vostri lettori soffriranno d'insonnia per questo.

Giornalista – E quindi?

Drammaturgo – E quindi, come lei stessa immaginerà a causa della mia età, da giovane scrivevo con la stilografica. Avevano appena inventato la stampa e il computer era impensabile.

Giornalista – Mi rendo conto.

Drammaturgo – Ricordo ancora che si trattava di una stilografica che la mia madrina mi aveva regalato per la comunione. Aveva il pennino d'oro e vi ero molto affezionato.

Giornalista – Un oggetto transizionale, per così dire.

Drammaturgo – Esattamente. Un sostituto della madre, se preferisce. Lo sa, no, la scrittura è anche una psicanalisi.

Giornalista – Come no.

Drammaturgo – E alla pari della psicanalisi, non serve a un tubo. Ma almeno all'inizio, anziché spendere un sacco di soldi, uno spera sempre di guadagnarci qualcosa.

Giornalista – Capisco.

Drammaturgo – Oh, lo so bene… Nel vedermi in queste condizioni, penserà che in effetti la mia analisi non ha funzionato granché.

Giornalista – No, no, assolutamente.

Drammaturgo – Le sembro felice da far schifo?

Giornalista – "Felice" non è esattamente la prima parola che mi viene in mente, ma… E poi?

Drammaturgo – Poi la stilografica si è rotta.

Giornalista – Come la caffettiera.

Drammaturgo – Esatto. Così, con i diritti d'autore che ho guadagnato sulla mia prima *pièce*, mi sono comprato una macchina da scrivere, tipo quelle che si vedono nei film in bianco e nero. Ha mai visto *Viale del Tramonto*?

Giornalista – Sì, forse, ecco… Tanto tempo fa, mi pare.

Drammaturgo – Purtroppo non sono riuscito a trovare una star decaduta disposta a mantenermi in cambio della stesura di un copione.

Giornalista – Comunque, è molto romantico… E la conserva ancora, quella macchina da scrivere?

Drammaturgo – No, si è rotta anche lei.

Giornalista – Ah, che peccato.

Drammaturgo – Così ho comprato una delle prime macchine da scrivere elettriche. A quel tempo era qualcosa di rivoluzionario. C'era un piccolo schermo, come sui computer, ma con due o tre righe soltanto. Si potevano comunque apportare correzioni prima di dare l'invio definitivo. Questo permetteva di risparmiare sia inchiostro che carta. L'ho utilizzata per un paio d'anni e poi…

Giornalista – Si è rotta e si è comprato un Mac.

Drammaturgo – No, poi mi sono rotto io e mi sono pagato un dattilografo ghost writer.

Giornalista – Ghost writer?

Drammaturgo – Era lui a digitare al computer. I primi tempi ero io a dettare, ma in seguito ha imparato a scrivere da solo.

Giornalista – Il computer?

Drammaturgo – No, il ghost writer.

Giornalista – Ah.

Drammaturgo – Aveva molto talento.

Giornalista – Immagino.

Drammaturgo – Conosce quel detto: lo stile è l'uomo?

Giornalista – Sì, più o meno.

Drammaturgo – Ebbene, quel dattilografo ghost writer era proprio il mio stile.

Giornalista – Ma certo.

Drammaturgo – Era svedese.

Giornalista – Chi?

Drammaturgo – Il dattilografo!!

Giornalista – Oh, sì, mi scusi.

Drammaturgo – Mi pone una domanda e poi… Ho come l'impressione che le mie risposte non le interessino tanto.

Giornalista – No, no, mi interessano tanto, è solo che… E il dattilografo, lavora ancora per lei?

Drammaturgo – Purtroppo no. È per questo che sono anni che non scrivo una riga.

Giornalista – Sarà tornato in Svezia, suppongo.

Drammaturgo – No… è morto.

Giornalista – Cazzo!... No, voglio dire… Che storia triste.

Drammaturgo – Già… Gli volevo molto bene. Ma cosa vuole che le dica, era sempre più convinto di essere un vero autore. Così ho dovuto sbarazzarmene.

Giornalista – Sbarazzarsene?

Drammaturgo – Un pizzico di arsenico ogni giorno nella camomilla. È morto in stile Madame Bovary.

Giornalista – Sì.

Drammaturgo – Gustave Flaubert diceva: Madame Bovary c'est moi. Ecco, con Antonio è morta anche una parte di me.

Giornalista – Antonio?

Drammaturgo – Il dattilografo ghost writer svedese!!

Giornalista – E quindi è stato allora che lei ha smesso di scrivere?

Drammaturgo – Sì… mi sono arenato sulla centoventiquattresima *pièce*.

Giornalista – Mi dispiace tanto saperlo.

Drammaturgo – Ammetto di aver passato un periodo difficile. Nel tentativo di ritrovare l'ispirazione dei primi tempi, mi sono comprato un'altra stilografica, con gli ultimi soldi che avevo.

Giornalista – Ma non è bastato.

Drammaturgo – Ero sull'orlo del suicidio… e non avevo più spicci per comprare le cartucce.

Giornalista – Per la pistola.

Drammaturgo – Per la stilografica!!

Giornalista – Certo, chiedo scusa.

Drammaturgo – Mi era rimasta una vecchia siringa del periodo in cui mi facevo di eroina. Mi prelevavo il sangue ogni mattina, e con quello ricaricavo la stilografica. Mi avevano affidato la stesura di una commedia, ma l'inchiostro rosso, sa com'è… mi faceva venire idee sanguinose. (*Notando che la giornalista lo guarda esterrefatta*) Non prende appunti?

Giornalista – Sì, sì, ho tutto quello che mi serve… (*Estrae un piccolo registratore*) Ecco, in realtà non credo sia opportuno registrare una cosa del genere.

Drammaturgo – Ah. Quindi crede sul serio a tutte le stronzate che le ho appena raccontato?

La giornalista capisce di essere stata presa in giro.

Giornalista – Allora era uno scherzo? Molto divertente, lo ammetto. Un ghost writer svedese, dove si è mai visto? Non sapevo che lei avesse anche una vena comica.

Drammaturgo – Di sicuro è per questo che mi hanno mandato una buffona a intervistarmi. È certa di non volere una tazza di camomilla?

Giornalista – Con l'arsenico dentro?

Abbozza un sorriso forzato.

Drammaturgo (*molto serio*) – Ha altre domande?

Giornalista – Sì... La sua prima *pièce* mi è molto piaciuta. Ne ha scritte altre?

Drammaturgo – Come, prego?

Giornalista – Intendo... di suo pugno, non del pugno del dattilografo. (*Ride della sua stessa battuta*) Sto scherzando.

Il drammaturgo non ride affatto.

Drammaturgo – Ho scritto centoventitrè *pièce*.

Giornalista – Centoventitrè? Oh, caspita. E di cosa parlano?

Drammaturgo (*scandalizzato*) – Di cosa parlano? Viene qui a intervistarmi sulla mia opera teatrale e non ha letto i miei testi?

Giornalista – Non tutti centoventitrè, ovviamente...

Drammaturgo – E quanti?

Giornalista – Per l'esattezza... uno. Il primo, come le ho già detto. Anzi, in realtà, solo le prime pagine. Sono stata avvisata molto tardi di quest'intervista... Mi hanno chiamata a sostituire una collega che si è suicidata giusto ieri.

Drammaturgo – Quante pagine ha letto esattamente?

Giornalista – Beh, per essere onesta... non sono riuscita ad andare oltre la quinta.

Drammaturgo – La *pièce* inizia a pagina sei.

Giornalista – Comunque, il titolo è bellissimo.

Drammaturgo – Ah, davvero? (*Con ironia*) E com'è che si chiama la mia prima *pièce*? All'improvviso, ho un vuoto di memoria.

Giornalista – Non me lo ricordo, ma so che per me era un titolo bomba!

Drammaturgo – Mi farebbe vedere il suo tesserino di giornalista?

Giornalista – Ehm… come no. (*Fa finta di frugare nelle tasche*) Ecco… veramente io…

Drammaturgo – Non è una giornalista.

Giornalista (*esitando un attimo*) – No.

Drammaturgo – Capisco. Allora è venuta qui per derubarmi, suppongo. A quanto pare è pieno di ladri in giro. Si fingono addetti del gas e ne approfittano per fregare al malcapitato il malloppo nascosto sotto il materasso. Credo si chiami "furto con destrezza".

Giornalista – Con destrezza?

Drammaturgo – Lei ha ragione, la mia storia non sta in piedi… Non mi sembra abbastanza sveglia per un furto con destrezza. E poi, in quel caso, non si sarebbe spacciata di sicuro per giornalista culturale.

Giornalista – In effetti io…

Drammaturgo – Se lo lasci dire: mi avrebbe convinto di più come portapizza.

Giornalista – Lo so.

Drammaturgo – E ora, se è venuta qui in cerca di soldi, sappia che posso unirmi a lei e aiutarla a cercarli.

Giornalista – Sono un'attrice.

Drammaturgo – Ah. Se è venuta qui per ottenere un ruolo, è più stupida di quanto pensassi. E mi creda, avevo già fissato il limite della stupidità molto in alto.

Giornalista – È la prima volta che interpreto una giornalista, e non ho avuto molto tempo per studiare la parte.

Drammaturgo – Forse il problema non è quello. Forse è proprio lei che è negata come attrice. Sentiamo: chi sarebbe il regista di questa pessima commedia?

Giornalista – Il suo agente.

Drammaturgo – Il mio agente? Non sapevo nemmeno di averne ancora uno.

Giornalista – Ha pensato che un'intervista le avrebbe risollevato l'ego e l'avrebbe spinta a rimettersi al lavoro.

Drammaturgo – Anche lui è più stupido di quanto pensassi.

Giornalista – Ma il fatto che lei non scrive più è vero. È da quasi un anno che il suo agente aspetta il suo ultimo copione.

Drammaturgo – Che ci posso fare? Ho perso l'ispirazione, come si suol dire, e per un drammaturgo è come il vuoto di memoria che coglie l'attore. Uno non sa mai quando può succedere, e ancora meno come uscirne.

Giornalista – Un anno… è un po' lungo come vuoto di memoria.

Drammaturgo – Lei non ha neanche letto la prima delle mie centoventitrè commedie e mi supplica di scrivere la centoventiquattresima?

Giornalista – Oh, per quanto mi riguarda me ne strafrego. Ma il suo agente, a quanto pare, ci tiene. Abbastanza comunque da darmi cento euro per venire qui a recitarle questa commedia.

Drammaturgo – Cento euro? Santo cielo, chi l'avrebbe detto che il mio agente mi stimasse così tanto.

Pausa.

Giornalista – E allora, che si fa?

Drammaturgo – Come, che si fa?

Giornalista – Io non sono una giornalista. Adesso che lo sa immagino non sarà più disposto a continuare l'intervista.

Drammaturgo – Perché? Aveva altre domande appassionanti da rivolgermi sulla mia opera teatrale? Del tipo: "porto gli slip o i boxer"? "Amo il mare o la montagna"? "Cornetto o krapfen"? "Barca a vela o a motore"?

Giornalista – Mi pare di capire che non è disposto a collaborare. A questo punto cosa gli racconto?

Drammaturgo – A chi?

Giornalista – A Giorgio, il suo agente!

Drammaturgo – Affari suoi. Gli racconti quello che le pare.

Giornalista – Ecco veramente… doveva darmi altri cento euro dopo l'intervista.

Drammaturgo – Capisco. La metà all'assegnazione dell'incarico e l'altra metà alla consegna del risultato. Certo che di lei si fida proprio ciecamente.

Giornalista (*mostrando il registratore*) – Dovevo portargli il nastro.

Drammaturgo – Non mi dica che vuole fare davvero l'intervista?

Giornalista – Potremmo fare cinquanta e cinquanta.

Drammaturgo – Cinquanta e cinquanta?

Giornalista – Cento euro a testa.

Drammaturgo – Signorina, che problemi mentali ha?

Giornalista – Ho fame, tutto qui. E da quello che mi ha raccontato il suo agente, neanche lei nuota nell'oro. Non scrive più nulla. E nessuno le rappresenta i testi.

Drammaturgo – Grazie, molto delicato da parte sua ricordarmelo.

La giornalista getta uno sguardo spregiativo sull'ambiente misero.

Giornalista – Beh… con quei soldi potrebbe almeno far ritinteggiare le pareti.

Drammaturgo – Con cento euro? Se conosce un imbianchino disposto a sgobbare per una cifra simile, anche in nero, mi dia subito il numero.

Giornalista – Potrebbe comunque comprarsi dei barattoli di pittura e un pennello.

Drammaturgo – Certo, e poi la ritinteggiatura chi me la fa, lei?

Giornalista – Perché no? Se mi paga.

Drammaturgo – Sono io la persona sull'orlo di una crisi di nervi, ha capito? Per scrivere una commedia non serve per forza essere ottimisti, ma ci sono pur sempre dei limiti. Bisogna continuare a credere che a forza di farsi beffe degli imbecilli, qualcuno di loro sarà spinto a migliorarsi.

Giornalista – È sicuro di non piangersi addosso un po' troppo?

Drammaturgo – Lei dice?

Giornalista – Scrivere testi teatrali non è comunque la fine del mondo... Di mestieri ce ne sono di ben peggiori, mi pare.

Drammaturgo – Certo, indubbiamente.

Giornalista – Indubbiamente? Lo sa che c'è gente costretta ad alzarsi ogni giorno all'alba e sorbirsi un'ora di viaggio in metro per poi stare tutto il giorno alla cassa di un supermercato e intascare solo il salario minimo?

Drammaturgo – E immagino sia per risparmiarsi un simile calvario che lei ha deciso di darsi al teatro da camera?

Giornalista – Accetto quello che mi propongono… e il mio agente non mi ha ancora trovato un ruolo da protagonista.

Drammaturgo – Sarà un incapace come il mio. Come si chiama?

Giornalista – Come il suo. È lo stesso.

Drammaturgo – Ah… (*Pausa*) Forse ha ragione. Con il suo quoziente intellettivo da mollusco, è molto meglio equipaggiata di me per sopravvivere nel mondo che ci circonda.

Giornalista – La ringrazio.

Drammaturgo – Penso dunque sono. Certo che Cartesio era proprio stupido! Col cazzo! È evidente che per continuare a esistere in questo mondo merdoso, la prima cosa da fare è smettere di pensare.

Giornalista – Già.

Drammaturgo – Solo che, ecco, smettere di pensare è un po' come smettere di fumare. È molto più facile quando uno non ha mai neanche cominciato.

Giornalista – Se lo dice per me, io non fumo.

Drammaturgo – Anzi, ora che ci penso... avrei un lavoretto da proporle.

Giornalista – Davvero? Se è nelle mie capacità.

Drammaturgo – Bisogna ammettere che da questo punto di vista il campo delle possibilità si restringe di molto.

Giornalista – E allora?

Drammaturgo – Che ne direbbe di farmi da dattilografa ghost writer?

Giornalista – Come, prego?

Drammaturgo – Per un motivo che mi sfugge, il mio agente ci tiene tanto che io finisca il mio ultimo copione. Lei potrebbe scriverlo al posto mio.

Giornalista – Ma... io non sono una drammaturga.

Drammaturgo – Detto tra noi, non è neanche un'attrice.

Giornalista – Beh, devo pensarci... Si guadagna bene?

Drammaturgo – Tutto dipende dalla notorietà dell'autore che firma il testo.

Giornalista – Non mi sembra molto incoraggiante… Già prima lei non era una celebrità… E a sentire il suo agente, tutti ormai l'hanno dimenticata.

Drammaturgo – E pensare che l'ha pagata per risollevarmi il morale.

Giornalista – Cerco solo di essere realista.

Drammaturgo – Allora, le interessa o no?

Suona il campanello.

Giornalista – Se aspetta qualcuno, forse è meglio che me ne vada.

Drammaturgo – Non aspetto visite.

Va ad aprire. La giornalista ripone il registratore e indossa l'impermeabile per andarsene. Il drammaturgo ritorna con una busta aperta e un foglio in mano.

Drammaturgo – Era il postino con una raccomandata.

Giornalista – La lascio.

Drammaturgo (*con autorità*) – Si sieda immediatamente!

La giornalista, sorpresa, si siede senza battere ciglio. Il drammaturgo esamina il foglio che ha in mano, perplesso.

Giornalista – Cos'è, la bolletta del gas?

Drammaturgo – No, quello me l'hanno staccato tempo fa, altrimenti mi sarei già suicidato.

Giornalista – E allora?

Drammaturgo – Un contratto di esclusiva da parte del mio agente per la mia ultima *pièce*.

Giornalista – Un contratto?

Drammaturgo – Mi chiede di firmarlo e rispedirglielo subito. La faccenda diventa sempre più strana. (*Estrae un assegno dalla busta*) C'è anche un anticipo.

Giornalista – Di quanto?

Drammaturgo – Cinquecento.

Giornalista – Cinquecento euro! Allora non la sta prendendo in giro.

Drammaturgo – Non so, ho dei dubbi... È da quando lei è entrata che mi sto chiedendo chi ha interesse a prendermi in giro in questa storia.

Giornalista – Ad ogni modo, ora che ha ricevuto l'anticipo, non può più tirarsi indietro: deve scriverla per forza, quella benedetta commedia.

Drammaturgo – Posso sempre restituire l'assegno. Non ho ancora firmato il contratto. Suppongo che l'intervista fasulla avesse lo scopo di convincermi a farlo.

Giornalista – Non ha intenzione di firmare?

Drammaturgo – Non mi piace scrivere con il fiato di qualcuno sul collo... ma la pila di conti da pagare mi costringe a pensarci. Se voglio suicidarmi in modo indolore, serve almeno che mi riallaccino il gas.

Giornalista – E i miei duecento euro?

Drammaturgo – Non li voleva dividere con me?

Giornalista – Adesso che è di nuovo un drammaturgo e le commissionano delle commedie, sarebbe meschino.

Drammaturgo – Non corra. Devo ancora trovare il soggetto della *pièce.*

Giornalista – Io, per cinquecento euro, sarei capace di scrivere una cavolata qualsiasi.

Il drammaturgo la osserva.

Drammaturgo – E per duecentocinquanta?

Giornalista – Duecentocinquanta?

Drammaturgo – La metà di cinquecento!! Neanche lei, mi pare, ha ancora rifiutato la mia proposta.

Giornalista – Quale proposta?

Drammaturgo – Quella di farmi da ghost writer.

Giornalista – Ah, no, ma stavo scherzando. Ho detto che sarei capace di scrivere una cavolata qualsiasi, ma un testo teatrale proprio no. E ancora meno un capolavoro.

Drammaturgo – Una cavolata qualsiasi va benissimo, è proprio quello che mi aspetto da lei.

Giornalista – Cioè?

Drammaturgo – Io, modestamente, l'unica cosa che so scrivere sono i capolavori. Una cavolata qualsiasi non la so fare. È proprio questo a bloccarmi, capisce? (*Pausa*) Dal suo sguardo ebete mi sa di no.

Giornalista – Intende dire…

Drammaturgo – Il mio agente mi ha mandato un anticipo per una *pièce*, solo che purtroppo ho perso l'ispirazione che mi servirebbe per scriverne una dignitosa. Segue il mio ragionamento?

Giornalista – Sì, fin qua credo di aver capito.

Drammaturgo – Potrei scrivere una cavolata qualsiasi pur di tenermi l'assegno, ed è quello che farebbero tutti i miei colleghi, ma io "una cavolata qualsiasi" non sono in grado di scriverla.

Giornalista – E come mai?

Drammaturgo – Non so, forse un residuo di colpevolezza risalente ai tempi di Gesù Cristo. E quel gran farabutto del mio agente sa benissimo che non sono ferrato nelle cavolate.

Giornalista – E quindi?

Drammaturgo – E quindi, lei sì che è bravissima a scrivere testi senza capo né coda!

Giornalista – Lo pensa davvero?

Drammaturgo – Detto tra noi, ho piena fiducia nelle sue capacità di scrittrice di cavolate.

Giornalista – Sì, ma a questo punto perché non si prende direttamente un ghost writer?

Drammaturgo – E secondo lei potrei trovarne uno per duecentocinquanta euro? Se così fosse, l'avrei già assunto da tempo.

Giornalista – D'accordo.

Drammaturgo – Quindi accetta?

Giornalista – No, d'accordo nel senso che ho capito il discorso.

Drammaturgo – E cosa pensa di fare?

Giornalista – Ecco... È sicuro che potrò scrivere una cavolata qualsiasi?

Drammaturgo – Perché, sarebbe capace di scrivere qualcos'altro?

Giornalista – Ma comunque il suo agente, che è anche il mio, si accorgerà che si tratta di un ammasso di stupidaggini!

Drammaturgo – Il mio agente? È stato lui a montare questa ridicola farsa per costringermi a scrivere un'altra commedia che non ho nessuna voglia di scrivere! Avrà pan per focaccia.

Giornalista – Diciamo piuttosto che lui avrà la commedia e lei i soldi. Non credo vi scambierete panini e focacce.

Drammaturgo – Ha visto? Quando vuole sa essere anche ironica. Allora, cosa mi risponde?

Giornalista – In fondo non rischio nulla.

Drammaturgo – Solo il ridicolo.

Giornalista – Ma non la morte.

Drammaturgo – Se il ridicolo uccidesse, lei sarebbe morta già da tempo.

Giornalista – Ok... Quando comincio? Aspetti un attimo che controllo... (*Sfoglia la sua agenda*) Questa settimana non posso... ma a partire da lunedì prossimo dovrei riuscire a liberarmi. Che ne dice?

Il drammaturgo le strappa di mano l'agenda e vi getta uno sguardo dentro.

Drammaturgo – Ci sono così tante pagine bianche nella sua agenda che la potrebbe utilizzare per scriverci la commedia. Ah, no, mi scusi, non avevo visto... tra tre mesi ha appuntamento con l'oculista.

Giornalista – Non sa la fatica per ottenere quell'appuntamento. (*Il drammaturgo le lancia uno sguardo impaziente*) Ok... allora, quando cominciamo?

Drammaturgo – Perché non adesso, visto che è qui?

Suona il telefono fisso. Il drammaturgo non risponde.

Giornalista – Non risponde?

Drammaturgo – Suppongo sia di nuovo la banca, a causa del mio scoperto.

Giornalista – Capisco… mi sa che abbiamo la stessa.

Drammaturgo – Unicredit?

Giornalista – Il credito non glielo fanno neanche se si vende un rene.

Parte la segreteria e si sente la voce della persona che sta lasciando un messaggio.

Voce – Buongiorno, sono Gonzago degli Stolti, presidente della Fondazione che conferisce il Premio Teatro annuale Grullo d'oro al miglior autore teatrale. Ho il piacere di informarla che quest'anno il premio è stato conferito a lei per l'insieme della sua opera. La prego di richiamarmi il prima possibile in modo da discutere insieme dei dettagli della cerimonia. Grazie.

Giornalista – Secondo lei è un'altra farsa montata dal suo agente?

Drammaturgo (*perplesso*) – Non so, può darsi.

Giornalista – Cos'altro potrebbe essere?

Drammaturgo – Ah, quindi dal suo punto di vista io non potrei assolutamente vincere un premio per l'insieme della mia opera?

Giornalista – Che ne so… non ho letto niente di quello che ha scritto.

Drammaturgo – Comunque è un peccato che non sia una vera giornalista. Sarebbe stato un grosso colpo per lei essere la prima a intervistare il nuovo Premio Teatro Grullo d'oro dell'anno.

Giornalista – E che razza di premio è?

Drammaturgo – Non lo conosce? Sappia che il Premio Teatro Grullo d'oro per i drammaturghi è come il Premio Pulitzer per i giornalisti!

Giornalista – Il Premio Pulitzer? Mai sentito.

Drammaturgo – No, certo, non essendo giornalista. Proviamo con un altro esempio: come un Oscar per un attore.

Giornalista – Ah, intende… come il Nobel per la letteratura?

Drammaturgo – Beh, adesso non esageriamo.

Giornalista – Ecco appunto, è quello che stavo pensando anch'io.

Drammaturgo – Diciamo che, con una buona fascetta, in libreria, potrebbe incentivare le vendite della mia nuova *pièce*.

Giornalista – Anche se la *pièce* fa schifo?

Drammaturgo – Malgrado la sua cultura non smisurata, immagino saprà che i più grandi successi di vendita sono raramente dei capolavori. Anzi, le dirò, raramente l'autore è davvero quello che viene citato in copertina e la maggior parte delle volte il suddetto autore non ha neanche letto il libro.

Giornalista – Solo che, di solito, le persone che firmano questo tipo di capolavori sono degli idioti e quelli che li scrivono sono veri scrittori.

Drammaturgo – Allora diciamo che nel nostro caso varrà il contrario.

Giornalista – Non è molto corretto nei confronti del suo agente.

Drammaturgo – Non credo lei abbia afferrato bene la questione. Quel truffatore del mio agente ha saputo prima di me che avrei ricevuto il premio, così mi ha mandato un contratto da firmare con urgenza per ottenere l'esclusiva sui diritti della mia prossima *pièce*. E tutto questo sborsando solo cinquecento euro! Lui sa benissimo che, con una simile pubblicità, sarò di nuovo un drammaturgo di successo. Lei lo definirebbe un uomo onesto?

Giornalista – Le confesso che in materia di onestà… non sono un'esperta.

Drammaturgo – Per non parlare della ridicola storia dell'intervista per convincermi a tornare al lavoro.

Giornalista – In effetti, se la guardiamo da questo lato…

Drammaturgo – Allora, la scriverà questa commedia oppure no?

Giornalista (*dopo un attimo di riflessione*) – Ok… ma voglio anche i duecento euro dell'intervista.

Drammaturgo – Eravamo d'accordo di dividerceli.

Giornalista – È stato lei a dirlo: adesso è di nuovo un drammaturgo di successo.

Drammaturgo – E va bene. Mettiamoci al lavoro.

Giornalista – Penso che quella camomilla me la prenderò volentieri.

Drammaturgo – Onestamente gliela sconsiglio. La tengo proprio vicino all'arsenico. Ma se vuole assaggiare qualcosina nello stile del drammaturgo… ho altro da consigliarle. (*Estrae una bottiglia di whisky*) Ecco qua la pozione magica per trovare l'ispirazione. Purtroppo, ci sono caduto dentro da bambino e su di me non fa più effetto.

Giornalista – Ah.

Se ne versa un bicchiere e lo svuota d'un sol colpo facendo poi una smorfia.

Giornalista (*controllando l'etichetta*) – Whisky svedese? Non è che sta cercando di avvelenare anche me?

Drammaturgo – Non prima che abbia finito di scrivere la commedia. (*Le porge una stilografica*) Le affido solennemente la mia stilografica. Che la forza sia con lei. Ci sono dei fogli sul tavolo. Si sieda e cominci a scrivere.

Giornalista (*sedendosi*) – Anche se si tratta di cavolate, non sono sicura di riuscire a scrivere un copione intero.

Drammaturgo – È solo un testo teatrale! Bastano cinquanta pagine per darla a bere.

Giornalista – Cinquanta pagine?

Drammaturgo – Finga di scrivere una tesina per la maturità, solo un po' più lunga del normale.

Giornalista (*imbarazzata*) – La maturità?

Drammaturgo – A quanto pare non l'ha fatta. Avrei dovuto immaginarlo.

Giornalista – Avrei potuto, ma ho perso il treno.

Drammaturgo – Allora finga che sia una lettera lunghissima.

Giornalista – Di solito scrivo messaggi su Whatsapp.

Drammaturgo – Sono solo dialoghi! Dopo ogni battuta, vada a capo. E poi, tra le battute, ci lasci una riga vuota. La metà di un testo teatrale è composto da quello che si legge tra le righe, cioè niente!

Giornalista – Ecco perché lei si chiama Righetti!

Drammaturgo – Appunto. Scriveremo il testo a quattro mani. Lei i dialoghi e io le spaziature.

Giornalista – E lei firmerà il tutto.

Drammaturgo – Se crede che sia stato Michelangelo a dipingere tutte le opere che ha firmato! Aveva dei sottoposti, come tutti. Dava giusto l'ultimo ritocco.

Giornalista – Sta di fatto che non sono una scrittrice.

Drammaturgo – Ma tutti possono esserlo! E soprattutto drammaturghi. La dimostrazione è che non esiste nessuna scuola che insegni la professione. È uno dei rari mestieri, assieme al portapizza e allo psicanalista, che uno può fare anche senza diploma. Anzi no, per il portapizza non sono sicuro, bisogna saper guidare lo scooter.

Giornalista – Ma comunque ci vuole impegno.

Drammaturgo – Una sola cartuccia le basterà per scrivere un'intera *pièce*. Per un romanzo, ne servirebbero quattro o cinque.

Giornalista – Se lo dice lei.

Drammaturgo – È un mestiere per chi ha poca voglia di lavorare, glielo dico io. Più pigro del drammaturgo c'è solo il poeta: scrive cinque righe di tre parole ciascuna su una pagina con tanto spazio intorno. E tutti gridano al genio.

Giornalista – Come no, credo che diventare la ghost writer di un poeta mi sarebbe convenuto di più.

Drammaturgo – No, qui la fermo subito. Non bisogna farsi illusioni. Dove si è mai visto un poeta avere una disponibilità economica tale da pagarsi un ghost writer? Neanche se lo facesse a rate.

Giornalista – Ok… Vediamo un po'… Non so bene da dove cominciare.

Drammaturgo – L'inizio è sempre la parte più difficile, soprattutto per un testo comico.

Giornalista – Ah, perché questo sarebbe un testo comico?

Drammaturgo – Eh certo.

Giornalista – Buffo, però!... Io non ce la vedo proprio come autore di testi comici.

Drammaturgo – È stato tanto tempo fa. E poi perché crede che adesso abbia bisogno di un ghost writer?

Giornalista – Non so se sarò capace di far ridere.

Drammaturgo – Non le chiedo di esserlo forzatamente, si affidi alla sua comicità spontanea.

Giornalista – Non mi è molto d'aiuto.

Drammaturgo – Vediamo, non c'è qualcuno che vorrebbe ammazzare?

Giornalista – Ammazzare?

Drammaturgo – La comicità serve a questo! La legge le proibisce di far fuori la suocera, e allora lei ci scrive su una *pièce* per avere la sua testa su un vassoio d'argento.

Giornalista – Non sono sposata. Lei ha una suocera?

Drammaturgo – Non ce l'ho più, purtroppo. Mia moglie mi ha lasciato. Quasi mi manca, mia suocera. Questo per dirle a che punto sono depresso. Come vuole che scriva una buona commedia in queste condizioni?

Giornalista – Mi faccia riflettere… Ah… Ho una sorella che odio.

Drammaturgo – Perfetto.

Giornalista – Solo che purtroppo è morta. Mi sa che per un testo comico…

Drammaturgo – Dipende, ci sono anche le morti ridicole. Com'è morta?

Giornalista – Di malattia.

Drammaturgo – No, questo non va bene. È molto difficile far ridere con la malattia. La Traviata che muore di tisi non fa ridere.

Giornalista – Ah, no? Porca miseria che sfiga.

Drammaturgo – Ci sono argomenti totalmente refrattari alla comicità. In realtà non si sa neanche bene perché. Probabilmente è l'idea di lunga agonia. A teatro, le morti più divertenti sono quelle più brevi. Un tizio racconta che la moglie è finita sotto un treno mentre rientrava dal parrucchiere e già viene voglia di ridere. Lo stesso tizio racconta che la moglie è morta dopo lunga e penosa malattia e non ride nessuno. Lo sa lei perché? Io no.

Giornalista – D'accordo.

Drammaturgo – E adesso, se se la sente di provare…

Suonano alla porta.

Giornalista – Aspettava qualcun altro?

Drammaturgo – Sarà di nuovo il postino. Forse deve ripassare a ritirare il contratto firmato. Mi presta la stilografica?

Prende il contratto.

Giornalista (*preoccupata*) – È sicuro di quello che fa?

Drammaturgo – Non so perché ma ho fiducia in lei. (*Firma il contratto e le restituisce la penna*) Se mentre sono con il postino le viene un'idea, non esiti a buttarla giù.

Esce. Il cellulare della giornalista squilla e lei risponde.

Giornalista – Pronto… No, sono ancora con lui… Sì, sì, non ti preoccupare. Ha appena firmato… Scusami ma ora devo riattaccare… Ok, ti richiamo.

Mette via il cellulare. Il drammaturgo ritorna.

Drammaturgo – Tutto fatto. Adesso non abbiamo più scuse. Ho appena venduto la sua anima al diavolo per cinquecento euro. Neanche nei suoi sogni più assurdi avrebbe potuto sperare di ricavarne un guadagno così buono.

Giornalista – La cosa non le fa onore. La credevo un drammaturgo disposto a sgobbare fino in fondo.

Drammaturgo – Sa com'è, la maggior parte di noi continua a scrivere per pagare le tasse dell'anno precedente con gli anticipi incassati su quello che scriveremo l'anno prossimo. Il giorno in cui le tasse saranno finalmente prelevate alla fonte, vedrà che in autunno usciranno molti meno libri di quanti ne escono di solito.

Giornalista – Mi dispiace ma in questo campo non ho esperienza, non ho mai pagato le tasse in vita mia.

Drammaturgo – È fortunata. Una volta infilato un dito nell'ingranaggio, non se ne esce più. Allora, dov'eravamo rimasti?

Giornalista – Con niente in mano, purtroppo.

Drammaturgo – Già, è quello che temevo.

Giornalista – E se scrivessimo la storia di un drammaturgo che ha perso l'ispirazione?

Drammaturgo – Come no… e poi una tizia suona alla sua porta e si finge una giornalista.

Giornalista – Perché no?

Drammaturgo – Il metateatro... Mi ero ripromesso di non cadere mai così in basso.

Giornalista – Lo ha detto lei che possiamo scrivere una cavolata qualsiasi!

Drammaturgo – D'accordo. Sentiamo… come andrebbe a finire?

Giornalista – Veramente, non so neanche come potrebbe continuare.

Drammaturgo – Le verso un altro whisky.

Glielo versa.

Giornalista – Non so se…

Drammaturgo – Su, beva!

La giornalista svuota il bicchiere d'un sorso.

Giornalista – Se potessi dormire un po' sarebbe l'ideale. Sono sicura che, dormendo, le idee mi verrebbero più facilmente.

Drammaturgo – Non la pago per dormire!

Giornalista – Veramente, finora, non mi ha pagato per niente. Ma in effetti ha ragione, forse un piccolo anticipo mi renderebbe più motivata.

Drammaturgo – Anche se volessi, dubito che la banca accetterebbe un mio nuovo scoperto per pagarle un anticipo. E poi, come ghost writer fa schifo! Le ho chiesto di scrivere una cavolata qualsiasi e non è stata capace di farlo!

Giornalista – Anch'io, come lei, ci tengo alla mia reputazione! Non voglio coprirmi di ridicolo dando alle stampe una scemenza!

Drammaturgo – Ma il suo nome non sarà citato! Sarò io a firmare l'opera!

Giornalista – Può anche darsi, ma saprò comunque chi è il vero autore. Ho pur sempre un mio amor proprio.

Drammaturgo – Se le cose stanno così, sappia che nessuno le impedisce di scrivere un capolavoro.

Giornalista – Infatti, perché non dovrei. Magari sono meno stupida di quanto lei pensi.

Drammaturgo – Coraggio, mi stupisca!

Giornalista – Con piacere… solo che con tutti i drink che mi ha servito, inizio ad avere fame. Non avrebbe qualcosa da sgranocchiare?

Drammaturgo – L'ho assunta per una sessione di lavoro, non per un happy hour.

Giornalista – Sa come si dice: la fame è cattiva consigliera.

Il drammaturgo estrae un pacchetto di biscottini e glielo porge.

Drammaturgo – Ecco qua, mi sono rimasti un paio di biscottini.

Giornalista – Grazie. (*Inizia a mangiarne uno*) Un po' rinsecchiti, non le pare?

Drammaturgo – Vuole che esca a comprarne di freschi?

Giornalista – No, mi accontento. (*Ingoia un secondo biscottino. Urlando*) Ci sono!

Drammaturgo (*sussultando*) – Porca miseria, mi ha fatto prendere un colpo!

Giornalista – Un ragazzo ama una ragazza, ma le loro famiglie si odiano.

Drammaturgo – *Romeo e Giulietta.*

Giornalista – Un ragazzo ama una ragazza, ma litigano in continuazione.

Drammaturgo – *A piedi nudi nel parco.*

Giornalista – Un ragazzo ama una ragazza, ma lei muore.

Drammaturgo – *Love Story.*

Giornalista – Non la conoscevo questa commedia.

Drammaturgo – È un film.

Giornalista – Ne è sicuro?

Drammaturgo – Sì.

Giornalista – Un uomo ama un uomo, ma in realtà lui è una donna.

Drammaturgo – *Victor Victoria.*

Giornalista – Una donna ama una donna, ma in realtà lei è un uomo.

Drammaturgo – *Tootsie.*

Giornalista – Porca vacca... non credevo fosse così difficile essere un drammaturgo contemporaneo. Quindi hanno già scritto tutto?

Drammaturgo – Tutto.

Giornalista – E le opere migliori, immagino.

Drammaturgo – Si sono abbuffati e a noi hanno lasciato solo le briciole.

Giornalista – Bastardi.

Drammaturgo – Shakespeare, Molière... Per loro era facile... Prima non era stato scritto nulla. Per avere una buona idea, bastava chinarsi a raccoglierla. Quindi, chi non era analfabeta come la maggior parte dei suoi contemporanei aveva buone possibilità di passare alla storia.

Giornalista – Vero è che se oggi ci fosse ancora spazio per un Molière, ce ne saremmo già accorti.

Drammaturgo – È per questo che non me la sento più di scrivere un capolavoro, e che le ho chiesto solo una cavolata qualsiasi.

Pausa.

Giornalista – Credo che mi berrò un altro whisky.

Beve dalla bottiglia con avidità.

Drammaturgo – Ci vada piano!

La giornalista riposa la bottiglia con un sospiro soddisfatto.

Giornalista – Ci sono, ho trovato!

Drammaturgo – Davvero?

Giornalista – E questa, la sfido a dirmi se è un Feydeau o un Molière.

Drammaturgo – Sentiamo.

Giornalista – Una coppia riceve un'amica che ha appena perso il marito in un incidente aereo. Mentre cercano di consolarla per la vedovanza, scoprono di aver vinto la lotteria.

Drammaturgo – Brava! Magnifico!

Giornalista – Ha visto? Quando mi ci metto…

Drammaturgo – È il soggetto della mia prima *pièce.*

Giornalista – Ah.

Drammaturgo – Quella che lei non ha letto.

Giornalista – Le grandi menti sono destinate a incontrarsi.

Drammaturgo – Come no, se fosse nata prima di me, avrebbe potuto scriverla. Del resto, è il mio best seller.

Giornalista – Devo averne letto il riassunto sul programma di qualche teatro.

Drammaturgo – Ho smesso di scrivere il giorno in cui ho iniziato a plagiare me stesso.

L'entusiasmo precipita di nuovo sotto le scarpe. Pausa.

Giornalista – I biscottini sono finiti?

Drammaturgo – Certo, se li è sbafati tutti!

Giornalista – Veramente il pacchetto era già aperto. E preferisco non sapere da quanti anni. Spero non mi venga un'intossicazione.

Drammaturgo – Le basterà mettersi in congedo per malattia. Ma la avverto, noi drammaturghi, quando siamo malati e non lavoriamo, non riceviamo nessuna indennità. E quindi non la ricevono neanche i ghost writer.

Giornalista – Sta di fatto che per adesso ho ancora una fame terribile.

Drammaturgo – Sul serio non pensa che a quello?

Giornalista – Di solito sono le persone che non hanno fame a porre domande del genere.

Drammaturgo – Va bene, vado a vedere quello che trovo in frigo.

Giornalista – Un'ultima cosa.

Drammaturgo – Che altro c'è?

Giornalista – Il termine ghost writer non mi piace poi tanto.

Drammaturgo – E perché?

Giornalista – Mi sembra riduttivo.

Drammaturgo – Per chi?

Giornalista – Per me!

Drammaturgo – E allora come dovrei chiamarla? "Drammaturgo controfigura"? Del resto, i grandi attori si fanno pur sostituire nelle scene che non hanno voglia di girare. Quindi un drammaturgo ha tutto il diritto di farsi rimpiazzare nelle commedie che non ha voglia di scrivere.

Giornalista – Non so... Ufficialmente potrei essere... la sua segretaria privata.

Drammaturgo – La mia segretaria privata?

Giornalista – Se usciamo insieme e deve presentarmi a qualcuno, di sicuro non dirà: “Questa è la mia ghost writer!”.

Drammaturgo – Confesso che la prospettiva di uscire con lei un giorno non mi era proprio passata per la testa.

Giornalista – Comunque, mi ci vuole un mestiere di copertura, no?

Drammaturgo – Di copertura?

Giornalista – E poi, a questo proposito... una ghost writer con un lavoro fantasma, non è molto legale. Ci vorrebbero i contributi. E devo pensare anche alla mia pensione.

Drammaturgo – Vuole che le paghi anche i buoni pasto, per caso?

Giornalista – Vabbè, allora diciamo che sono la sua segretaria.

Drammaturgo – Sì, e per i buoni pasto vado a vedere se mi è rimasto un pezzo di formaggio in frigo.

Fa per uscire. Squilla il telefono.

Giornalista (*rispondendo*) – Ufficio del drammaturgo Carlo Righetti. Buongiorno, sono la segretaria. (*Il drammaturgo fa segno di non voler prendere la chiamata*) Ah, no, mi dispiace, non posso passarglielo… Perché?... Beh, ecco… è morto. Oh sì, ne sono sicura. Il medico legale è appena arrivato e le assicuro che non è un bello spettacolo. Ah davvero? No… Sì, sì, certo, è una buona notizia ma… in questo caso sarà postumo. Mi dispiace ma devo lasciarla, l'autopsia sta per iniziare... Sì, arrivederci.

Drammaturgo (*esterrefatto*) – Chi era?

Giornalista – Gianpaolo dei Gonzi, presidente dell'Associazione Autori Teatrali. A quanto pare, il Ministro della Cultura vuole conferirle un'onorificenza.

Drammaturgo – E lei gli ha detto che sono morto?

Giornalista – È la prima scusa che mi è venuta in mente, visto che lei non voleva parlargli.

Drammaturgo – Complimenti, bell'idea.

Giornalista – E poi, bisogna essere realisti. Non so se riuscirò mai a scrivere quella commedia, e neanche lei probabilmente la scriverà.

Drammaturgo – E allora?

Giornalista – E allora se lei è morto, il suo agente non reclamerà più i cinquecento euro che le ha anticipato per un testo che non ha scritto.

Drammaturgo – Morto… Non la trova un po' esagerata come scusa per non restituire cinquecento euro d'anticipo?

Giornalista – Mi era venuta anche un'altra idea.

Drammaturgo – Ah, vede? Quando si mette d'impegno…

Giornalista – Se lei è morto, e per di più con un premio teatrale e un'onorificenza postumi, tornerà di sicuro a essere una celebrità!

Drammaturgo – L'avevo sfidata a sorprendermi, ma confesso che mi ha proprio lasciato di stucco.

Giornalista – Grazie.

Drammaturgo – Non lo prenda per forza come un complimento. Ci sono molti modi di stupire la gente.

Giornalista – Lei ha famiglia?

Drammaturgo – Avevo mia moglie. Ma non sono sicuro che mi consideri ancora come un membro della sua famiglia.

Giornalista – Allora, in pratica, è solo. Niente moglie, niente famiglia, niente amici. Il premio e l'onorificenza potrei andarli a ritirare io.

Drammaturgo – Ragioniamo un attimo… Le ho proposto di farmi da ghost writer e non è stata capace di buttare giù una parola, adesso se ne va a ritirare al posto mio tutti gli onori che mi sono dovuti… Non è che per caso vuole anche il numero del mio bancomat?

Giornalista – In effetti, forse sarebbe più prudente se me lo desse. Intendo, visto che è morto.

Drammaturgo – Posso sempre smentire.

Giornalista – Ci rifletta. Per il momento, se resta morto, ha tutto da guadagnarci.

Drammaturgo – Lei dice?

Giornalista – Scommetto il mio compenso che domani, sui giornali, parleranno di lei. Forse non in prima pagina, certo, non bisogna illudersi. Ma di colpo, il *Corriere della sera* si ricorderà del suo nome.

Drammaturgo – In effetti, l'idea di poter leggere da vivo il mio necrologio mi tenta molto.

Giornalista – Tutti diranno che era un grande drammaturgo. Le sue *pièce* saranno in cima alle classifiche di vendita... almeno per un giorno o due.

Drammaturgo – Lo pensa davvero?

Giornalista – Non sono una giornalista, ma grazie alla mia idea lei sarà su tutti i giornali!

Drammaturgo – Va bene, diamola per buona. E adesso che si fa?

Giornalista – Lei fa il morto e io... mi becco il venti per cento sui suoi diritti d'autore.

Drammaturgo – Il mio agente prendeva il dieci!

Giornalista – Ma con lui non vendeva un libro e le sue commedie non venivano rappresentate.

Drammaturgo – E io che mi ero quasi abituato all'idea di andarmene in pensione.

Giornalista – In pensione?

Drammaturgo – Ho deciso di eliminare, poco a poco, ogni motivo di contrasto. Non scrivo più. Parlo il minimo. Non esprimo più con nessuno le mie opinioni. Anzi, nel limite del possibile, cerco anche di non averne più nessuna, di opinione.

Giornalista – E pensa davvero di poter fare una cosa del genere?

Drammaturgo – Non avere opinioni?

Giornalista – Andare in pensione! È sicuro di avere i mezzi?

Drammaturgo – Secondo la mia banca, scarsissimi.

Giornalista – Ebbene, io le propongo qualcosa di meglio della pensione: la morte!

Drammaturgo – Certo, sono tentato ma… Forse mi conviene prendermi un attimo di riflessione per valutare bene i pro e i contro.

Squilla il telefono. Il drammaturgo fa per rispondere.

Giornalista – È matto! Le ricordo che è un drammaturgo morto. (*Rispondendo*) Pronto? La banca? Ah, no, mi dispiace, il signor Righetti è appena deceduto. Sì, si è suicidato… bevendosi un litro di sturalavandini… Un buco nello stomaco che non le dico, uno spettacolo orrendo. La soda è molto caustica. Sì, è vero, anche lui era molto caustico… Perché? Oh, sa com'è, gli artisti… E poi lei occupa una posizione tale da sapere che era sommerso dai debiti. Probabilmente, è l'unico modo che ha trovato per poter sfuggire ai creditori. No, certo, i soldi non sono così importanti nella vita… La ringrazio comunque per la telefonata… D'accordo. Arrivederci. Ma certo, trasmetterò le sue condoglianze alla famiglia.

Riattacca.

Drammaturgo (*esterrefatto*) – Certo che lei è come un diesel! Fa molta fatica a partire, ma quando si lancia non la ferma più nessuno! Quindi, adesso, io mi sarei suicidato?

Giornalista – Ho pensato che per un drammaturgo è più romantico di un infarto o un tumore.

Drammaturgo – Più romantico? Bevendomi un litro di sturalavandini?

Giornalista – Ho improvvisato. È la prima cosa che mi è venuta in mente.

Drammaturgo – Se ha improvvisato, la prossima volta le chiederò di attenersi al testo.

Giornalista – Ma quale testo, se neanche ce l'ho? Lei una cazzata qualsiasi non la sa scrivere!

Drammaturgo – Sì, ho capito... Non è il caso di offendere, comunque. Bene... e quindi mi sono suicidato. È pur vero che ultimamente ero molto depresso.

Giornalista – Ah, vede!

Drammaturgo – E ora che facciamo? Aspettiamo che mi organizzino i funerali di stato?

Giornalista – Un drammaturgo morto fa aumentare le vendite di almeno il dieci per cento. Un drammaturgo che si suicida può portare anche a un incremento del venti. (*Squilla il telefono*) A quanto pare gli affari ripartono.

Drammaturgo – In effetti, erano anni che il telefono non suonava così.

La giornalista risponde.

Giornalista – Ufficio del drammaturgo Carlo Righetti. Buongiorno, sono la segretaria. Sì, signora, è vero, suo marito è deceduto stamattina. Le porgo le mie condoglianze anche da parte della Unicredit. Si è sparato alla tempia. Oh, se lo vedesse, dubito riuscirebbe a riconoscerlo. La metà superiore della testa è saltata. Non è un bello spettacolo, glielo garantisco. Benissimo, glielo dirò... No, intendevo, la ringrazio. Arrivederci. (*Riattacca*) Era sua moglie.

Drammaturgo – Mia moglie? E cosa diavolo voleva?

Giornalista – A quanto pare, darle un ultimo saluto.

Drammaturgo – Ma sono anni che non la vedo. Era lei che mi accusava di non salutarla mai.

Giornalista – Si è sempre più popolari da morti che da vivi. Vedrà, a tirare le cuoia, ci sono solo vantaggi.

Drammaturgo – E stavolta, le ha detto che mi sono sparato in testa.

Giornalista – Come vede sto cercando di migliorare. (*Squilla il telefono*) Se va avanti così, dovremo assumere una centralinista. (*Rispondendo*) Ufficio del drammaturgo Carlo Righetti. Buongiorno, sono la curatrice dei suoi diritti... Sì, sono proprio io a detenere i diritti di tutte le sue commedie. Ci siamo sposati un paio di mesi prima della sua morte. Quindi sono erede diretta... Sì... Sì... Sì... Sì, aveva appena finito una commedia che la lascerà di stucco. Secondo me, il suo capolavoro. Inedita, certamente. Sì... Sì... Sì... Va bene. Può lasciarmi il suo numero? Benissimo, studierò personalmente la sua documentazione e le darò una risposta al più presto. A risentirci.

Riattacca.

Drammaturgo – Quindi adesso siamo sposati?

Giornalista – L'ho detto perché era più semplice.

Drammaturgo – Semplice?

Giornalista – Per giustificare il fatto che sono io a detenere i diritti.

Drammaturgo – Come no.

Giornalista – E poi, essendo la vedova, tutto resta in famiglia.

Drammaturgo – Magnifico… e posso chiedere chi era al telefono?

Giornalista – Un teatro che voleva allestire la sua ultima *pièce*.

Drammaturgo – Un teatro? E quale?

Giornalista – Stavo per segnarmi il nome, ma lei mi ha interrotto. Non so, qualcosa tipo "Madonna che fa Evita Perón".

Drammaturgo – Madonna che fa Evita Perón?

Giornalista – Sì, quella canzone, che canta lei…

Drammaturgo – Don't cry for me Argentina?

Giornalista – Ecco, il teatro Argentina!

Drammaturgo – Ma mettono in scena solo cose impegnate, mica cavolate!

Giornalista – Beh, adesso non stiamo a cavillare!

Drammaturgo – D'accordo… e quindi che intenzioni ha?

Giornalista – Li tengo un po' sulle spine. Per fargli capire che non sono gli unici a ingrossare le fila.

Drammaturgo – Altro che il mio agente, è lei quella che dovevo assumere!

Giornalista – Potremmo anche organizzare una retrospettiva dedicata all'insieme della sua opera, no?

Drammaturgo – Con piacere… Ma quando si riferisce alla mia ultima commedia, intende quella…

Giornalista – Che non ha ancora scritto.

Drammaturgo – Ma visto che sono morto!

Giornalista – Ha sentito anche lei, no? Gli ho detto che c'è un testo inedito.

Drammaturgo – Sì… Ma non ce l'ho.

Giornalista – Siccome non è morto sul serio, nulla le impedisce di scriverlo.

Drammaturgo – Ma se le ho detto che ho perso l'ispirazione!

Giornalista – Questo era prima.

Drammaturgo – Prima?

Giornalista – Prima che tornasse a essere un drammaturgo di successo.

Drammaturgo – Intende un drammaturgo morto.

Giornalista – Sì, anche… Adesso che ha tutta la morte davanti a sé, avrà il tempo di scriverla, quella commedia. E io penserò al resto.

Drammaturgo – Mi scusi se mi permetto la domanda, ma… Più o meno per quanto tempo resterò morto?

Giornalista – Diciamo abbastanza da scrivere la centoventiquattresima commedia, poi si vedrà.

Il drammaturgo sembra sentirsi un po' sopraffatto dalla situazione.

Drammaturgo – Va bene… Allora ci provo.

Giornalista – Una camomilla?

Drammaturgo – No, credo che mi darò nuovamente al whisky svedese. (*Afferra la bottiglia e fa per uscire*) Lei resta qui?

Giornalista – Qualcuno deve pur sorvegliare il cadavere, e rispondere al telefono.

Drammaturgo – Io vado.

Il drammaturgo esce. La giornalista si mette comoda, estrae il cellulare e compone un numero.

Giornalista – Giorgio? Stavolta ci siamo. Credo che finalmente scriverà la sua centoventiquattresima commedia… Sì, forse ci siamo andati giù troppo pesante con il premio e l'onorificienza… Certo, quando scoprirà di non aver vinto né l'uno né l'altra ci resterà male, ma che vogliamo farci… è per il suo bene. E poi, non si sa mai, se scrive davvero un capolavoro magari… Sì, hai ragione, sempre che non muoia prima. A questo proposito, dovrò darti una spiegazione. Sono stata costretta a improvvisare un po'…

Il drammaturgo ritorna e lei allontana subito il cellulare dall'orecchio affinché lui non capisca la situazione.

Drammaturgo – Sono a secco.

Giornalista – Mi scusi?

Drammaturgo – Ho finito l'inchiostro. Quello della cartuccia della stilografica è esaurito. E credo che trovare una cartuccia a quest'ora sia praticamente impossibile.

Giornalista – E la macchina da scrivere?

Drammaturgo – La macchina da scrivere? Come le ho già detto è nel mio stesso stato… rotta.

La giornalista estrae una penna biro dalla tasca e la porge al drammaturgo.

Giornalista – Nel frattempo, scriva con questa.

Il drammaturgo sembra deluso di non potersela cavare così facilmente. Esce. Lei riprende la telefonata.

Giornalista – Mi dispiace, ma siamo ancora in alto mare. Devo continuare a sorvegliarlo da vicino. Riguardo questo, credo che un piccolo compenso supplementare…

Si sente un botto.

Giornalista – Cazzo… a quanto pare ha ritrovato le cartucce… Ti richiamo. (*Riattacca*) Mi sa che mi toccherà davvero scrivermela io, questa benedetta commedia.

Il drammaturgo rientra con in mano una bottiglia di champagne appena stappata.

Drammaturgo – Sono a secco anche di whisky, ma ho trovato questa in frigo. La tenevo in serbo per le occasioni speciali. Credo che ricevere un premio e un'onorificenza in un unico giorno sia una di quelle. Ne vuole un po'?

Giornalista – Perché no? Ma dopo, mi promette di rimettersi al lavoro?

Drammaturgo – Non si preoccupi. Non so perché ma, all'improvviso, il fatto di essere morto mi ha risollevato il morale.

Giornalista – Meglio così… Quindi le è venuta un'idea?

Drammaturgo – Sì. Partire dalla realtà è sempre la soluzione migliore. Di conseguenza, tanto peggio. Vada per il metateatro. Racconterò la storia di un drammaturgo a corto d'ispirazione, e un bel giorno una giornalista viene a suonare alla sua porta…

Giornalista – In effetti, mi ricorda qualcosa. E mi dica, il titolo l'ha già trovato?

Drammaturgo – Che gliene sembra di *Un drammaturgo sull'orlo di una crisi di nervi*?

Giornalista – Non so, fa tanto Pedro Almodóvar.

Drammaturgo – Ah certo… ma se devo anche stare a cercare un titolo originale…

Giornalista – Vada per il drammaturgo in crisi.

Drammaturgo – Se le dettassi il testo, si andrebbe più veloci credo. (*Sistema una vecchia macchina da scrivere davanti alla giornalista*) Ecco qua, ho trovato un nastro per la macchina.

Giornalista – La ascolto.

Il drammaturgo inizia a dettare, molto ispirato, come se vedesse la scena.

Drammaturgo – Un salotto in disordine. Un uomo sonnecchia su una poltrona. Squilla il telefono risvegliandolo dal torpore e lui risponde in stato sonnambolico. In tono sgarbato: Pronto! Scommetto che mi chiama per dirmi che l'incontro è annullato!...

Buio.

FINE DELLA COMMEDIA

Dicembre 2022

www.ingramcontent.com/pod-product-compliance
Lightning Source LLC
La Vergne TN
LVHW010121170826
845678LV00012B/2534

* 9 7 8 2 3 7 7 0 5 8 5 1 8 *